凌翔　夏海涛　主编

雪是冬天的勋章

夏圣修　著

北京出版集团
北京出版社

图书在版编目（CIP）数据

雪是冬天的勋章 / 夏圣修著 ; 凌翔，夏海涛主编 . —北京 ：北京出版社，2023. 3

ISBN 978-7-200-17855-5

Ⅰ. ①雪… Ⅱ. ①夏… ②凌… ③夏… Ⅲ. ①诗集—中国—当代 Ⅳ. ① I227

中国国家版本馆 CIP 数据核字（2023）第 056748 号

雪是冬天的勋章
XUE SHI DONGTIAN DE XUNZHANG
夏圣修　著
凌翔　夏海涛　主编

出　　版　北京出版集团
　　　　　北京出版社
地　　址　北京北三环中路 6 号
邮　　编　100120
网　　址　www.bph.com.cn
发　　行　北京出版集团
印　　刷　三河市中晟雅豪印务有限公司
经　　销　新华书店
开　　本　710 毫米 ×1000 毫米　1/16
印　　张　13
字　　数　30 千字
版　　次　2023 年 3 月第 1 版
印　　次　2023 年 3 月第 1 次印刷
书　　号　ISBN 978-7-200-17855-5
定　　价　59.80 元

总序
儿童诗的特质与价值

有不少成年诗人与文学批评家对儿童诗不以为意，认为儿童诗是“小儿科”，这种误解和偏见与许多读者（专业读者与业余读者）认为整个儿童文学都是“小儿科”一样，性质完全相同。但是，这种对于儿童诗以及整个儿童文学的误解和偏见显然是站不住脚的。试想一下，我们只要让这些人去认真地读一读安徒生的童话作品，或者去读一读普希金的童话诗篇《渔夫和金鱼的故事》这类地地道道的儿童文学作品，他们一定会被这些儿童文学作品中深刻动人的思想艺术魅力深深吸引，进而被完全征服。由此可见，对于儿童诗，我们有重新认识的必要。回到中国当代儿童诗领域，柯岩、金波、任溶溶、高洪波、樊发稼、王宜振、徐鲁、金逸铭等知名儿童诗人，均创作出了一批思想艺术品位不俗的儿童诗精品力作，令人不可小觑。

理想层面的儿童诗确实不可小觑，主要体现在它独特的艺术特质方面。简单说来，其一，儿童诗具有单纯的审美品格。在这里，单纯等同于一种纯粹、透明的审美体验，有着复杂、高深的成人诗歌所不具备的动人美感（例如唐代诗人骆宾王的《咏鹅》与孟浩然的《春晓》）。其二，儿童诗具有童真的想象力。这种童真的想象力大胆、神奇，异想天开，最接近艺术的本质，它在思维层面属于原始思维或神话思维，因而其建构的意象画面充满神话色彩或童话意味。其三，儿童诗展示出儿童特有的敏锐直觉。在许多优秀的儿童诗作品中，小诗人们对于世界本相与事物奥秘的敏锐觉悟能力让人称奇，令绝大多数成年人自愧不如。与许多陈词滥调、想象力贫乏的成人诗歌相比，儿童诗这三个方面的艺术特质称得上难能可贵，而这与儿童天真、无邪、可爱、率真、聪敏的天性和人格关系密切。在某种程度上，儿童诗较之于成人诗歌在艺术价值及精神价值上反而会略胜一筹，因为儿童诗的想象力与纯粹性整体程度上要高于成人诗歌。正是在这个意义上，马克思高度赞扬《荷马史诗》展示出“人类童年时代所表现出来的无与伦比的想象力”，而这充分说明，“童心”或“赤子之心”在诗歌创作中所蕴含的巨大的艺术与精神创造力。也正是在这个意义上，英国17世纪诗坛巨匠弥尔顿这样赞颂儿童：“儿童引导成人，像晨光引导白昼”。由此可见，儿童的艺术创造天赋反而常常是优于成人的。

事实上也是如此，许多具有很高文学史地位的中国当代诗人，在其诗歌创作生涯中，都有意或无意地吸取了儿童诗的艺术与思想精华，创作出了若干首独具特色的儿童诗篇。现以朦胧诗人为例，梁小斌创作出了《雪白的墙》，舒婷创作出了《童话诗人》等地道的儿童诗篇，为他们的诗歌创作带来了新颖的审美情调与别样的艺术价值。

进入21世纪以来，中国儿童诗的创作进入了一个繁荣阶段（与中国当代诗歌创作的繁荣态势保持一种对应关系），出现了老中青几代儿童诗人“同台竞技”的可喜状况。尤其令人欣喜的是，近10年来，一大批儿童诗人（按照人们约定俗成的看法，14 周岁以下的小诗人被视为儿童诗人）茁壮成长，他们运用儿童思维、儿童语言、儿童情趣与儿童想象，创作出了数量众多、质量优异的本色化儿童诗篇，这些诗篇的艺术想象力出神入化，语言意象单纯自然，表现技巧圆润纯熟，思想意识深刻卓越，是超越了许多成年儿童诗人的创作水准的。小诗人们在儿童诗创作上的集中爆发与后来居上的可喜态势，预示了未来中国儿童诗良好的创作和发展前景，令人无限期待。

这次，凌翔、夏海涛两位先生主编了一套非常别致的诗丛，集中推出夏圣修的《雪是冬天的勋章》、李泽慧的《另一朵花开》、林蔚然的《林木蔚然》、孙嘉翌的《隐身》、朵朵的《回到地面》、黄豆逗的《天空停车场》、戴子岚的《我和四季有个约会》等多位年轻诗人的诗集。从这些题材丰富的儿童诗集中，我们可以鲜明地感受到这批诗人整体上展示出来的非凡创作天赋和巨大艺术潜力：他们共同拥有出色的、丰富的、童真的想象力，又各具特色。简单而论，夏圣修诗歌中的想象充满奇思妙想，修辞手法娴熟，功底扎实；李泽慧诗歌中的想象展现出理性的品质，作者观察冷静，表达精准而节制；林蔚然诗歌中的想象与现实关怀精神有机地融合在一起，抒情气息浓郁，风格比较空灵；孙嘉翌诗歌中的想象则充满魔幻色彩，语言表达生动传神，风格幽默而机智，令人印象深刻；朵朵的诗有一种神秘而幽玄的洞见，在幼小的心灵里，过早地体验了成年的痛楚；黄豆逗的诗有神奇的拟物和角色互换，生动烂漫；戴子岚的诗则清纯又多彩，描述了童话般的自然与生活。

在此，衷心期望上述几位年轻诗人在诗歌创作的道路上执着地坚持下去，在保持自己独特艺术优势的同时，还应虚心从优秀的前辈与长辈诗人们那里汲取思想与艺术营养，努力让自己从一位小诗人成长为一位大诗人。

是为序。

谭五昌

2020年11月20日凌晨5点18分写于北京京师园

谭五昌，江西永新人，北京大学文学博士，海内外具有广泛影响力的诗歌评论家，现任北京师范大学中国当代新诗研究中心主任。已出版《20世纪中国新诗中的死亡想象》、《中国新诗排行榜》、《青年诗歌年鉴》、《“我们”散文诗群研究》、《在北师大课堂讲诗》（五卷本）等学术著作及诗歌类著作30余种。近年来，担任徐志摩诗歌奖、闻一多诗歌奖、海子诗歌奖、昌耀诗歌奖等国内重要诗歌奖项的评委与负责人。

序
小诗人的第三只眼睛

人只有两只眼睛，可诗人不同，诗人有第三只眼睛。

小诗人夏圣修，就是长有第三只眼睛的人。这第三只眼睛，就是人的五觉之外的第六觉——心觉。

我们说，外部世界的东西进入小诗人的心灵世界以后，就发生了变化。发生了怎样的变化呢？这个东西就变得似而不似，不似而似。什么意思呢？就是说这个东西与原貌像又不像，不像又像，这就是小诗人的第三只眼睛看到的。

我们来看小诗人的作品《春天是一只哈巴狗》，小诗人把春天比作小哈巴狗，写道：

> 春天是一只哈巴狗
> 它的尾巴是湖边的狗尾巴花
> 它的叫声是冰破裂的声音
> 它的舌头是暖乎乎的太阳光
> 它的毛是许多小草
> 它的四肢是粗壮的大树
> 春天是一只谁都可以认领的哈巴狗

诗人说春天是小哈巴狗，一点儿不假，不信你看，狗尾巴花是它的尾巴，冰破裂的声音是它的叫声，阳光是它的舌头，毛是小草，四肢是大树，这些元素一组合不就是一只天真可爱的小哈巴狗的形象吗？这就是诗人第三只眼睛看到的。

我们再来看他的另一首小诗《弯月》，其中写道：

主人钓到了一条大鱼
使劲拉
渔线断了
带着渔钩飞到了天上

大鱼、线、钩和天上的银河、月亮有什么联系呢？诗人通过象形想象发现鳞片和银河、钩和弯月的相似之处，他写道：

大鱼身上亮晶晶的鳞片成了银河
黄金渔钩则变成了一钩弯月

小诗人抛弃了传统诗歌的近取譬想象，使用远取譬想象，这样就极富张力，留给读者广阔的想象空间。

《立春》这首诗写的是冬天和春天交接的季节，写春天像一只小猫，悄悄地来了又走了，这个“悄无声息”，用得很妙，让我想起了“草色遥看近却无”的诗句。

小诗人前后写了两首关于春天的诗，却写出了不一样的春天，为什么呢？因为小诗人对春天有了不同的感受。只有感受是自己的、唯一的和不可复制的。

王宜振

王宜振，著名诗人，中国作家协会会员。曾任中国作家协会儿童文学委员会委员，中国儿童文学研究会诗歌教育委员会执行主任，享受国务院特殊津贴，被诸多评论家誉为“中国当代儿童诗的第三座艺术高峰”。

目 录

第一辑　春天是一只哈巴狗

黄　河　002
吃　冰　003
地心引力　004
迎春花开了　005
春天是一只哈巴狗　006
种　子　007
清　晨　008
音　乐　009
窗　花　010
远和近　011
草　原　012
宝　玉　013
疤　014
杯　子　015
电　灯　016
电　脑　017
枪　018
假如我是一朵荷花　019

忍不住的春天　020
拖　堂　021
经石峪　022
音　符　023
玉　024
琥　珀　025
楼　梯　026
时　间　027
练　拳　028
夏　至　029
弹　弓　030
神秘的风　031
蜗　牛　032
石　子　033

袜子上的一个洞　034
镜　子　035
昙　花　036
蚊　子　037
枕　头　038
秋天像一只变色龙　039
小雪无雪　040
雪　人　041
天　鹅　042
雾　霾　043
冬日泰山　044
钟　表　045

太　阳　046
贪吃蛇　047
我们是傀儡　048
雨　中　049
风　050
天　气　051
蜕　皮　052

第二辑　爸爸是个魔法师

雪　花　054
打火石妈妈　055
水　056
破冰船　057
隧　道　058
银　柳　059
立　春　060
梦和生活　061
扇　子　062
毛绒熊　063
草　莓　064
变形金刚　065
晚　春　066
学校运动会　067
红　枣　068
夏日的风　069
蝉　070
魔法师　071

泉　水　072
中秋月　073
秋天水果车　074
泰山石　075
落　叶　076
冬天的树叶　078

第三辑　弯月

阳光・湖水　080
烟　花　081
比萨斜塔　083
影　子　084
羽毛球　085
月亮是一只鸟　086
雪孩子　087
竹　子　088
钓　鱼　089
钱　币　090
“石头”牌打印机　091
坍塌的古城墙　092
木　头　093
蚊子与琥珀　094
蜜　蜂　095
春的声音　096
晒太阳　097
影　子　098
梨　树　099

后　悔　100
床　101
米　102
水　103
柳　絮　104
钥匙和锁　105
期中考试考砸了　106
烧　烤　107
陀　螺　108
鱼　109
钉　子　110
金银花　111
弯　月　112

雨　滴　113
闪　电　114
孔　子　115
爸　爸　116
毕　业　117
欲　望　118
愤　怒　119
紧　张　120
魔鬼上身　121
铅笔与橡皮　122
提线木偶　123
大　蒜　124
记　忆　125

面　具　126
军　训　127
秋　天　128
海　129
蓝宝石　130
火　山　131
旧茶壶　132
夹　子　133
黄金与玄武岩　134
月　光　135
水　滴　136
叛　逆　137
流　星　138
脑　洞　139
站　台　140
文　件　141
雪是冬天的勋章　142
鼠　标　143
新　年　144

第四辑　剪纸

关　爱　146
雪　147
吵　架　148
生气的表情　149
星　星　150

惊 蛰 151
洗 澡 152
全能指挥官 153
夏 天 154
鱼 155
远走高飞的七星瓢虫 156
河 157
困 158
鼓 掌 159
猎鹰的眼睛 160
剪 纸 161
爱 162
孔雀羽毛 163
黑 夜 164
非洲猪瘟 165

动物园 166
紫 藤 167
羞 愧 168
妈妈的伤口 169
灵感井 170
童 年 171
失 眠 172
权力之争 173
牙 174
风 声 175
沉 默 176

七　夕　177
地　铁　178
兵马俑　179
矫　正　180
熬　夜　181
发　烧　182
月亮升起　183
虽败犹荣　184
我准备好了　185

后　记　188

诗歌评论

向以鲜：壮丽的绳子　190
夏海涛：从日常生活里发现诗意　191

第一辑　春天是一只哈巴狗

黄　河

当黄河遇见大海
它说
我要被洗白了

2013-11-2

吃 冰

雨水节气
我和爸爸在散步
突然
天空下起了冰粒
我和爸爸张大嘴巴
伸出舌头
那样子像极了壁虎捉蚊子

“咔、咔”两声
两粒冰分别跳到我和爸爸的嘴里

2015-1-20

地心引力

地心引力是一个坏孩子
他总是给你捣乱
我们跳得再高
也会被他拽着裤子拉下来
我们走钢丝，骑自行车
都要跟他做朋友
要不然
他就把你扯下来摔得鼻青脸肿

2015-2-1

迎春花开了

十二月的冬天
迎春花不合时宜地开放了
因为去年的太阳太强了
她把时间记错了

2015-2-2

春天是一只哈巴狗

春天是一只哈巴狗
它的尾巴是湖边的狗尾巴花
它的叫声是冰破裂的声音
它的舌头是暖乎乎的太阳光
它的毛是许多小草
它的四肢是粗壮的大树

春天是一只谁都可以认领的哈巴狗

2015-2-4

种　子

种子很像老母鸡下的蛋
里面藏着一个小生命
就像妈妈肚子里的小孩子
会长大成人
种子也一样会长成参天大树

2015-2-6

清　晨

清晨
像一根绳子
一头拴着月亮
一头拴着太阳

他们在跳绳

2015–2–7

音 乐

音符
变成了池塘里的蝌蚪
五线谱变成了池塘
蝌蚪在里面游来游去
组成了一首首好听的乐曲

乐曲就像我们的朋友
时时刻刻陪伴着我们
如果
没有音乐
人们就像没有朋友一样孤独

2015-2-10

窗　花

窗户开花了
不知道他怎样想的
竟然在冬天开花
或许
他是坐错班车了吧

因为他是冬天的孩子
所以他离不开冬天

2015-2-11

远和近

远和近就像一根皮筋
当你和一个人好的时候
就算他在天涯海角
你也不会觉得远
当你和一个人不好的时候
就算他就坐在你身旁
你也会觉得他离你很远
这就是远和近的辩证法

2015-2-12

草 原

我骑在棕色的马上
马跑在绿色的草上
天空的云彩像棉花糖
高高地盘旋在人们的头上

我想穿越到汉朝
跟匈奴大战一场
结果
我成了草原的国王

2015-2-14

宝 玉

玉可以制成任何首饰
被发现、被制成首饰的玉可就幸运了
主人每天抚摸它

那没有被发现的玉呢
它们静静地躺在深山里
等着人们来发现

2015-2-15

疤

树疤是树的嘴巴
每天张得大大的
因为
每棵树都爱笑

树是大自然的野孩子
所以他们很快乐

2015-2-15

杯　子

杯子是用来喝水的
他每天接触各种各样的嘴
有男主人的嘴
有女主人的嘴
还有小主人的嘴

他既不讨厌这些嘴
也不喜欢这些嘴
他喜欢的是另一个杯子

2015-2-24

电　灯

电灯
像几十万支射出的箭
黑暗
是一个邪恶的家伙

因为爱迪生是个胆小鬼
最怕黑暗这个怪兽
所以发明电灯
他用电灯打败了这个怪兽

2015–2–25

电 脑

电脑就像没有回程票的列车一样
把我载向不可知的地方

这时
来了一趟回程的列车
我却不打算坐这趟列车回家

2015-2-26

枪

枪是人养的野兽
却常常作为杀戮的工具

死在枪口下的人不计其数
借用世界枪王的一句话
枪是无罪的
有罪的是扣动扳机的人

2015–2–26

假如我是一朵荷花

假如我是一朵荷花
我会穿上绿色的短裙
用一根直直的吸管
喝池塘里的清水
和小鱼在水底玩捉迷藏
和蜻蜓在空中追逐

我虽然出自黑黑的淤泥
但我仍然能开出美丽芳香的花

2015-3-12

忍不住的春天

我忍不住奔向电脑
像工作了一整天的人扑向床
春天也以这样的方式来到

柳树一天一个样
小树一天比一天高
春天想早点来到我们身边
和我们一起快快长大

2015-3-15

拖　堂

拖堂
憋住了学生对操场的渴望

拖堂
像一只大怪兽
尖利的爪子将你紧紧地缠住
你越想挣脱
就缠得越紧

盼着来一个大英雄
打败这只怪兽
——终于下课了

2015-3-19

经石峪

经石峪的字很大
它们都写在泰山的山谷里

为什么有的字保存下来了
有的字没了
原来被一个叫时间的小坏蛋
用橡皮偷偷摸摸地擦掉了

2015-3-21

音 符

音符是从钢琴里蹦出来的
孙悟空是从石头里蹦出来的

音符有高低音的变化
像孙悟空能七十二变一样
没准音符是孙悟空的克隆猴呢

2015-3-22

玉

玉是石头大家族的一员
有一天他和石头闹了矛盾
因为玉喜欢穿绿色的衣服
石头喜欢穿深色的衣服
他们就因为这点小事分了家

玉被独具慧眼的人捡到了
而石头却被我爸捡到了

2015-4-19

琥　珀

几百万年以前
有一只很馋的小虫子
来到一棵大树上
吃香甜的树汁

它刚吃了一口
就被掉落的树脂裹住并且埋进地下
它没有想到的是
它和它的“水晶棺”一起变成了宝物

2015-5-9

楼　梯

楼梯被人踩来踩去的
如果有一天
楼梯生气了
叫上他的小伙伴一起出逃
全世界的楼梯都出逃了
那会怎样呢

2015-5-28

时　间

时间是人虚构的
自从人们虚构了这个概念
人们就一直在赶这个时间做事情

我想买下一个小岛
这个岛上没有时间
我要和海盗一样
四处跑来跑去
反正也没有人管
我想跑多长时间就跑多长时间
反正这个岛上也没有时间

2015-6-6

练　拳

我经常拿爸爸当靶子练拳

有一次爸爸在外面滑了一跤
和石头练了一次拳
回来的时候
他挂彩了
爸爸败在了石头的手下

2015-6-21

夏　至

夏至
像坐了特快高铁
飞速奔向我们
我们以为他离我们很遥远
结果
他与我们失之交臂

2015-6-22

弹　弓

弹弓在手上
拉
再拉
嗖
射出了一粒带着梦想的石子

会带着什么样的梦想呢
可能是一个小男孩射下一颗星星的梦想
可能是一个小女孩射下果子的梦想

2015-7-1

神秘的风

是谁把瘦瘦的窗帘变胖了
哦
原来是神秘的风

神秘的风很厉害
走到哪儿都有人为他发出
呜呜的喝彩

2015-7-6

蜗　牛

有两只蜗牛
爬呀爬
爬到了我的家里
一只变成了爸爸的手机
一只变成了爸爸的电脑

2015-7-9

石 子

一粒石子被铺在大路上
它是一粒有用的石子
当它蹦到了一个人的鞋里
它就变成了一粒讨人厌的石子

2015-7-21

袜子上的一个洞

我是一只脚
被关进了黑色的牢房

蒙头盖脑
让我窒息

我用头撞开了牢房的墙
硬生生敲开了一个窗口
袜子破了
我看到了光明

2015-7-23

镜　子

镜子很没主见
你在他面前做什么
他就跟你做什么
你抬左腿
他抬左腿
你抬右腿
他抬右腿

2015-8-4

昙 花

昙花
在某个晚上悄悄绽放
无人欣赏
第二天起床后
昙花留给人们的
只是一枝枯萎的花

2015-9-19

蚊 子

有一只蚊子
在我的胳膊上脸上耳朵上
留下了印记
可是我却不恨它
我佩服它技艺的高超

但是
它却被妈妈带着愤怒的一巴掌
打到了墙上
变成了一个永远的标本

2015-10-29

枕　头

枕头就像一座监狱
囚禁了许多棉花
监狱打开门
棉花全跑出来了

其实枕头不仅囚禁了棉花
还囚禁了人们的梦

2015-10-30

秋天像一只变色龙

秋天像一只变色龙
它遇见了自己喜欢吃的东西
高兴得要命
它一会儿变红
红得像柿子树上的柿子
一会儿变黄
黄得像落叶

2015-10-30

小雪无雪

小雪
就像一个失约的精灵
昨天没有来
我很失落
但也在我的意料之中

唉——
这个精灵就是这样
每次该来的时候
他总是失约

2015-11-22

雪　人

我在阳台上堆了一个雪人
我给他安上了眼睛
他就能朝我眨眼睛

我给他安上了胳膊和手
他就扬起了雪花

我给他安上了腿和脚
他就可以跳街舞了

我给他安上了嘴巴
他说出的话出乎我的意料
“我想当你的小弟弟”

2015-11-26

天　鹅

本该在蓝蓝的天空中自由飞翔
可它却被我们剪去了羽毛
只能像不会飞的鸭子一样
在公园里
摇摇晃晃地走路

2015-11-29

雾 霾

雾霾像一只大怪物
它出现的时候
天空都灰蒙蒙的
雾霾又像一群小怪物
它们钻到人的身体里
把人体的细胞慢慢杀死
这就是可怕的雾霾

2015-12-3

冬日泰山

冬日的泰山是一只攥紧的拳头
它相信伸手就能碰到天
拳头上长满了密密麻麻的汗毛
那是泰山上生长的树木
泰山上的小路蜿蜒崎岖
就像拳头上的血管
清晰可见

2015-12-6

钟 表

钟表
好像神明
人类的一举一动都受他控制

比如
上班下班
上学放学
甚至玩游戏的时间
都由他来主管
可是
他也是人类造出来的

2015-12-11

太　阳

太阳多么任性
他开心的时候
就大放光彩
他哭泣的时候
不想让人看到他的脸
就拉起乌云来掩住

不一会儿
天空就掉下了雨点
那是太阳的眼泪

2015-12-12

贪吃蛇

贪吃蛇真贪吃
无论怎么吃它也吃不饱
它的身体
只会一点一点地长长

但还有另外一种情况
就是它贪吃而咬到了自己
游戏结束

2015–12–18

我们是傀儡

我们是大自然一个又一个的傀儡
比如地震
无论哪个傀儡都躲不过
比如海啸
所有的傀儡瞬间被饥饿的大海吞噬
我们人类仿佛是万物之灵
但在大自然面前
谁
都是傀儡

2015-12-19

雨　中

在雨中
我撑着一把鲜红鲜红的
雨伞
默默地
默默地思念我的爸爸

爸爸去岳阳开会
岳阳是不是也在下雨
爸爸是不是也在雨中
撑着雨伞
思念我

2015-12-21

风

春天
风像一个隐形的孩子
调皮地拽着柳树姑娘的辫子

夏天
风像一只炽热的手
抚摸着我们的脸颊

秋天
风像一个守时的闹钟
唤醒了树叶里面的黄色

冬天
风像无数把挥舞着的刀子
刺向我们的身体

2015-12-23

天　气

前几天

太阳公公被乌云劫匪劫持了

风警察接到报警

立刻赶到现场

一口气就把乌云劫匪吹散了

于是

太阳公公又回到了我们身边

2015-12-25

蜕　皮

蛇会蜕皮
蝉会蜕皮
人也会蜕皮

你见过人蜕皮吗
没有
人蜕下来的皮是什么模样
不知道
但我知道
其实
人蜕的皮
就是衣服呀
蜕了皮之后
人就会长大了

2015-12-27

第二辑　爸爸是个魔法师

雪　花

昨天
下了一场大雪
雪花像好兄弟一样
他们手拉手
一起从冷走向热
一起从生走向死

2016-1-7

打火石妈妈

打火石妈妈
打一下
就能生出许多火宝宝

这些宝宝好像会隐身
立刻就隐藏在空气里了

2016-1-9

水

平静的水面上漂着一层蓝

看起来很诱惑人

如果你不会游泳

它立刻翻脸

将你拖下无穷的黑暗

2016-1-15

破冰船

窗户上结了窗花
我的手是艘破冰船
在窗花上自由前进
破了许多块厚厚的大冰

2016-1-23

隧 道

隧道是大山的一颗蛀牙
我坐在飞奔的汽车里
心想
哇
大山的牙齿这么大

2016-1-27

银 柳

一枝银柳想要一头鲜艳的头发
可银柳的头发天生是灰色的
她总是因为这个闷闷不乐
这样她的头发就更灰了

银柳去找染发师
染发师拿出了魔法棒
轻轻一挥
她就拥有了一头鲜艳的头发
她高兴坏了
立刻呼朋唤友
于是
世界上的银柳全变得五彩缤纷

2016-2-1

立 春

春天
像一只小猫
悄无声息地走来
又走掉
它走了以后
我们就离太阳更近了
并远离了冷风这把刀子

2016-2-4

梦和生活

梦和生活
就像一块块拼图
无论少了谁
人生都是不完整的

2016-2-6

扇　子

许多人像扇子一样

打开时

江山如画

美不胜收

一旦合上

那就只是一张纸和几片木片了

2016-2-17

毛绒熊

毛绒熊最大的梦想
就是当一头真正的熊
在地上打个滚
没想到
真正的熊的梦想
居然是成为毛绒熊
它说
我也想像毛绒熊那样
让人搂一搂
抱一抱

唉
两头不知足的熊

2016-3-9

草莓

咬一口
甜甜的
哇
草莓流血了
舔一舔
也是甜的
是不是糖这个卧底
潜伏到草莓里了呢

2016-3-10

变形金刚

我有一台变形金刚
我摔倒时
他会变成大象扶我起来
我累了时
他会变成沙发供我休息
我江郎才尽时
他会变成一台无所不知的电脑供我查阅
令我文思泉涌
我受伤时
他会变成医生对我嘘寒问暖
我难过时
他会变成天使来安慰我

他不是别人
他就是我的爸爸

2016-3-30

晚　春

春天的性格很奇怪
她来的时候是个慢性子
可走的时候却是个急性子
说走就走了
花儿非常伤心
哭得凋谢了
杨花和柳絮从树上缓缓地跳下来
为春天举行了一场盛大的欢送仪式

再见了春天
我们明年等着你回来

2016-4-15

学校运动会

这是一场动物的聚会
赛场上
袋鼠和兔子在比赛跳高
豹子和小马在比赛赛跑
而狮子和小绵羊玩起了接力赛
老虎当起了裁判员

谁当观众呢
是一群在树梢上欢叫的小鸟

2016-4-21

红 枣

枣很调皮
枣妈妈让它乖乖地在枣树上待着
它不听
非要跳下树去

结果一出家门它就觉得冷
因为它只穿了一件红色的外套

2016-4-27

夏日的风

夏日的风
是一个海盗
他左手扬着沙子
右手扬着树叶
操场上一片惨叫
我们眼里全是泪
大树见了他
吓得连连鞠躬
行人见了他
吓得四处逃散

2016-6-6

蝉

蝉是夏天的歌者
它曾经被埋在土里
在黑暗里等待三年
只为在阳光下
尽情地歌唱
它可能被风雨打落
也会成为鸟儿的美食
但是
只要一有机会
它就会爬到树上歌唱
最终
它收获了爱情的目光

2016-6-18

魔法师

——父亲节献给我的爸爸

我的爸爸
是一个魔法师
他挖了一片池塘
他背来一座高山
又把大海装在杯子里拿回来

爸爸骑着大雁采下了蓝天和白云
用蓝天、白云、池塘、高山和大海
煮出了一大碗文字汤
里面有好多字呀
它们挤得不可开交
叫啊
闹啊
爸爸将它们捞出来
再将它们排好
就组成了爸爸的绝佳诗句

2016-6-19

泉 水

泉是大自然的眼睛
那里是水精灵的家
她们每天都出来玩耍
可是脚下“刺溜”滑倒
一下子流出了大山

2016-7-7

中秋月

妈妈说
中秋节的月亮像一枚书签
镶嵌在天空与大地之间

爸爸说
中秋节的月亮像一颗子弹
击中了游子的相思

我说
中秋节的月亮像一块琥珀
尘封着无数的精彩诗句

2016-9-15

秋天水果车

秋天
像一辆高速行驶的水果车
突然来了一个急刹车
把香飘四溢的果实撒向田野

秋天
像一辆涂鸦车
在每个果实上面留下了作品
葡萄印上了神秘的紫色
苹果印上了青涩的绿色
石榴印上了喜庆的红色
板栗印上了温暖的褐色

秋天的落叶
是发动机转动的叶片
当叶片全被寒冷打掉时
秋天这辆车就停滞不前了

2016-9-30

泰山石

泰山石像一个调皮的孩子
“扑通”一声跳入水中
向下游游去
他遇到很多对手
但他滚了下去
成功地到达了山谷
完成了一场不可能的极限挑战

2016-10-8

落 叶

一群落叶在空中跳舞
打着旋儿
轻飘飘地从树上落下来

一群孩子
在树下跳着街舞
他们转着圈
像陀螺一样
飞速地旋转
像弹力球一样
跳上去
又落下来

落叶遇到了孩子
它说
我想回到大地的怀抱
温暖一下

孩子说

我想做一片叶子

站在树梢

仰望天空

2016-11-12

冬天的树叶

冬天来了
树上的叶子
就像是拴着重物的一根头发
而风
就是那一把呼啸而来的剪刀

冬天来了
树上的叶子就像是驮满了货物的骆驼
而风
就是那一根扑面而来的稻草

2016–11–15

第三辑　弯月

阳光·湖水

冬日的湖水
晃花了我的眼睛
等我反应过来
金子国的蚂蚁已经占领了湖面

冬日的湖水
晃花了我的眼睛
等我回过神来
金色的鱼儿已经在湖里欢快地游动

2017–1–26

烟　花

在很久以前
烟花也是一种花
它的花期很长
花却不怎么漂亮
为此它飞上天去问神仙
神仙实现了它的愿望
说：不过……
烟花没有听完后面的话
就急匆匆下去了

它再开花
花真的变成了五颜六色
但只能开几十秒

它又问神仙
神仙说
你以为不用代价就能让花美丽吗

这花期就是代价

后来的日子里
它痛并快乐着

2017-1-29

比萨斜塔

比萨斜塔是一个很有自尊心的瘸子
他一只腿短
一只腿长
他坚持不用拐杖
不惧怕他人嘲笑的目光
坚强地站在那里

2017-2-3

影　子

影子是一名忍者
在有光的环境里
他过着正常人的生活
一旦没光
他就用忍者惯用的招数
——隐身

2017-2-5

羽毛球

鹅死后

把它的“毛衣”脱下来

再精心编制成羽毛球

代替鹅

实现了飞翔的梦想

2017-2-9

月亮是一只鸟

月亮是一只无家可归的鸟
他孤零零地站在树梢

树林里有许多鸟巢
可都不是他的家
回家的人们有两个家
自己亲人的家和月亮的家
心里满满都是月光的人
才能回到月亮的家

2017-2-11

雪孩子

雪孩子是一个爱迟到的家伙
该来的时候不来
让迎接他的人们十分着急

当人们快没耐心时
他慢慢悠悠地从半空飘下来
若无其事地向大家挥挥手

2017-2-21

竹　子

竹子是一个外强中干的家伙
别看它长得那么直
那么高
只要大雪这个不学好的胖子压在身上
它就会被压得直不起身
连连求饶了

2017-2-27

钓 鱼

钓鱼
不过是把蚯蚓拴在一根钩子上
让它去潜水罢了

等它玩够了
就邀请一条贪吃的鱼
到岸上来玩
等鱼玩够了
却忘记了回家的路

2017–2–27

钱　币

钱币家族有两大分支
纸币和硬币
它们各自都有绝招
纸币的绝招是缩骨术
硬币的绝招是金钟罩
直到现在
它们的争斗也没有停止

2017-2-28

“石头”牌打印机

世界上所有的石头
都是一台打印机
只要把它扔进水里
它就开始工作了

它打印出了一圈圈的波纹
把水孩子逗笑了
或者打印出一道黑色的水漂
让鱼儿和小虾落荒而逃

2017-2-28

坍塌的古城墙

古城墙是一只凶猛的狗
几千年前很不温顺
不让任何外人随意出入

在时间这个主人的爱抚下
它慢慢地安静了下来
变得十分衰老
生人来了它也不叫一声
静静地趴在自己的位置上

2017–3–5

木 头

木头是一名十足的硬汉
一棵大树
砍下来
他也不呻吟
再被人切割
雕刻
他只会在心里默默地叹息
人类
离灭绝又近了一步

2017-3-5

蚊子与琥珀

一只蚊子飞进了爸爸的眼睛
我说
多流眼泪
会造出一颗独一无二的琥珀

2017-3-12

蜜 蜂

我是一只蜜蜂
嘴里含着一朵迎春花
躺在花丛里
成了春天的卧底

2017-3-12

春的声音

春的嗓子哑了
最近几天不能说话
于是就拜托春游的小朋友
把自己的天真和热情
泼洒给这个世界

2017-3-12

晒太阳

春天的阳光朝气蓬勃
爸爸问我
去哪里晒太阳
我说
白日梦里

2017-3-26

影　子

影子是一块牛皮糖
人踩了以后怎么也揪不下来

影子很痛苦
被人踩来踩去的感觉肯定不好受

2017-4-2

梨　树

梨树是一挺机枪
飞快地向春天发射花瓣子弹

子弹打光以后
春天就被打跑了

2017-4-4

后 悔

有一只怪物
叫作后悔
它最喜欢住在一对吵架的朋友心里
或是正在冷战的家庭中
它在这些人的心里串来串去
搬出去时
它留下了一些房租
名叫“和好”

2017–4–6

床

床是人们的造梦机
也是人类进入梦世界的入口

在那里
他就是国王
控制着全人类的梦

白天来了
忍受不了的人类
终于脱离了床的统治

2017-4-8

米

米去参军
发给他一身军绿色的大衣
退役回家的时候
他发现自己成了一个粽子

2017-4-15

水

水是一名特级间谍
特别是渗透能力
无人能比
他还有间谍最重要的一项品质
冷酷

他被上帝所雇用
去侦察人体
他和上帝里应外合
占领了人体的大部分

人类
在上帝眼里就不再有隐私了

2017-4-22

柳　絮

春天到了
柳树们开始玩生存游戏
把“柳絮炸弹”扔进土里
看谁扔得多
谁就活了下来
有些炸弹飘到了人的鼻腔里
引爆
阿嚏……

2017-4-25

钥匙和锁

钥匙和锁是一对双胞胎
他们有时很长时间不能见面
好不容易见了面
就紧紧地给对方一个熊抱

2017-4-29

期中考试考砸了

期中考试考砸了
我的试卷上出现了一只小怪兽
它饥饿地四处觅食
一路吃了许多对号
在上面蹭上鲜艳的错号
可这些都不够它吃
它发现了试卷上的“A”
一口把它吞掉
它的肚子都撑起来了
就待在那里不动了
试卷上增加了一只“B”形的小怪兽
我一点也不喜欢这只怪兽
我要举起学习这把利刃
向怪兽刺去

2017-4-30

烧 烤

一群蒜、土豆在铁板上跳着广场舞
正在蒸桑拿的肉问它们
你们为什么要在这儿跳广场舞
它们说
我们想成为炙手可热的明星

2017-5-1

陀　螺

陀螺是一只大懒虫
它的主人要求它原地自转
它不干
倒在一旁耍赖皮
主人叫来了蟒蛇朋友
把陀螺缠起来抽打加油
陀螺屈服了
它终于学会了原地自转

2017-5-7

鱼

鱼的肉体被囚禁在一个鱼缸里
但是它的心是自由的
心对鱼缸说
再见
就飘回了湖里

我的肉体是自由的
但我的心被牢牢地拴住了
我多么想像鱼一样
世界
只有七秒的记忆

2017-5-12

钉 子

钉子的学习不好
他的锤子妈妈总是催促他学习
他削尖了脑袋
往木头、石头、水泥学校里钻

有一天
他变成了一根定海神针
把自己牢牢地钉在了海里

2017-5-13

金银花

很久以前
金银花全是银色的
蜜蜂看这种花太单调
就搬来自己的蜂蜜
给它们涂上了

蜂蜜特别香浓
它们只染了一部分
但另一部分也沾染上了香气
现在的金银花变成了一层金色
一层银色

2017-5-14

弯　月

主人钓到了一条大鱼
使劲拉
渔线断了
带着渔钩飞到了天上

大鱼身上亮晶晶的鳞片成了银河
黄金渔钩则变成了一钩弯月

2017-5-28

雨　滴

水的兄弟无处不在
他经常搭乘空气这趟列车
去天空看望兄弟

兄弟们很想念老家
一起坐列车下来
列车出轨
他们匆忙抱着团飞了下来

2017-6-3

闪　电

正义的使者太胖了
世界上才有那么多的坏人
他一个也赶不上

他开始减肥了
瘦成了一道闪电
谁做坏事
他就劈谁

2017-6-3

孔　子

孔子是一座伟大的山
这座山里饱含矿物
吸引了许多慕名前来的顾客开采

有些山外面长满了植物
肚子里面空空如也

2017-6-11

爸 爸

爸爸是一名亦正亦邪的英雄
他会帮我抗击那些压迫我的作业魔王
他有时也和作业魔王勾搭在一起
里应外合
把我“打”得溃不成军

2017-6-17

毕 业

小学时光就像一束五彩烟花
燃烧着
很快
这束烟花就要燃尽了
同学们就像那一缕缕燃尽后的青烟
慢慢地散在天空中

我把这烟花的碎片做成颜料
涂抹我童年的水墨画

2017-6-26

欲　望

不知何时
我的心里出现了一只可爱的小兔子
它叫欲望
开始
它可以被人轻轻地抚摸
我也从不禁止
慢慢地
它长出了一口尖利的牙齿
谁碰它
它就咬谁
我只好将它关在一个小笼子里

它变得越来越大
全身红色
像一只凶猛的魔鬼
一口将我吞了下去
我被欲望吞噬了

2017–7–4

愤　怒

愤怒
是一团在错误时间
出现在错误地点的火苗

火苗起初很小
用理智的蒲扇就可以扑灭
有人煽风点火
这团火苗旺盛起来
点燃了我的血液
我的身体在燃烧
愤怒蒙蔽了我的双眼
我本该拿起理智的蒲扇
却悄悄握紧了拳头……

2017-7-6

紧　张

紧张
是一只小鸟
它被我捉住了
我一直逗弄它
它很不高兴
虽然它百般不情愿
但身不由己
它终于拿出了终极武器——鸟嘴
啄了我一下
趁机飞走了

2017-7-7

魔鬼上身

我被一只魔鬼附身了
他在我身体里
闹得翻天覆地
我请了一位神仙来为我驱魔
他化作了一股仙气从我的嘴巴钻了进去
与魔鬼大战三百回合
魔鬼败下阵来
我打了个嗝
将他们排了出去

魔鬼灰溜溜地跟着神仙
就像一个做了错事
被妈妈教训的小孩子

2017-7-9

铅笔与橡皮

铅笔是橡皮的孩子
吃进甘蔗
吐出甘蔗渣
走一路
吐一路

橡皮妈妈有洁癖
铅笔只要吐到外面
妈妈就得耗费精力去打扫干净

2017-7-11

提线木偶

街头上
有一对木偶在欢快地跳跃
他们有时像朋友一样玩耍
有时像仇人一样扭打
这样活泼的木偶
谁都觉得他们是有灵性的生命

不过
赋予他们生机的不是上帝
而是一根透明的线
和一只神秘的大手

2017-7-16

大 蒜

大蒜
是外星人给人类的一种秘密武器
平时
它待在厨房的角落里
但需要他出击的时候
它就会隐藏在人的嘴里
碾碎自己
发出一股化学毒气
闻到这股气味的人
无不落荒而逃

2017-7-29

记 忆

我的记忆和你们都不一样
你们储存在大脑里
而我储存在头发里
一理头发
我的记忆就会清零

考试考不好就不怪我喽

2017–8–10

面　具

每个人出生时
脸上很纯洁
当他们长大
脸上就会被世俗污染
形成一副虚伪的面具
这副面具将人控制
不懂也要装懂

2017-8-27

军　训

军训像一个妖怪的宝葫芦
把我们这群小孙悟空吸了进去
想把我们化成糖水
班主任太上老君来了
把我们救了出来
并用假期这个仙丹
把我们恢复了原样

2017-9-3

秋　天

秋天是一位贵宾
他从国外远道而来
就为了看一场草地大剧院的剧目

首先是蟋蟀合唱《绝唱》
然后是落叶表演芭蕾舞
让秋天忍不住拍手叫好

2017–9–17

海

海是一个蓝色的袋子

上帝嫌拿着地球太麻烦
就把它装在了袋子里
拎着它
走在银河岸边
在宇宙公园散步

2017-9-24

蓝宝石

蓝宝石是外星人留给我们的信件
他们将蓝宝石放在火山这个“信箱”里
每一次喷发
都是信件发送

将信件拼起来
就能得到一串电话号码
拨通后
你会听到这样一句话
欢迎致电火星珠宝城
请问您需要哪种档次的蓝宝石

2017-10-5

火　山

地球是一个巨人
他削月球苹果时被陨石刀扎了一下
把月球削得凹凸不平
他的伤口是火山口
熔岩血喷涌而出
慢慢地
他的伤口结了玄武岩痂

2017-10-5

旧茶壶

爸爸不在家时
旧茶壶里面长出了一棵嫩芽
而且越长越大
这肯定是爸爸喝完茶后没有刷

生命力很顽强的一片茶叶
被人从茶树上摘下来
又被开水烫过
但还是在这茶壶里茁壮成长了

等它长大了
爸爸喝茶就不用买了
摘下几片茶叶
放进壶里就可以喝了
当我对着旧茶壶胡思乱想时
妈妈说：我在茶壶里栽了一棵绿萝
好看吗

2017–10–14

夹 子

夹子刚出生时
妈妈以为他是一个哑巴
不哭不闹
只紧紧地闭着一张长长的嘴

夹子长大了
他犯了错误
妈妈一捏他的屁股
他才会短短地哭一声

2017-10-15

黄金与玄武岩

黄金与玄武岩是同门
都拜岩浆为师
学习的武术招式不一样
一个是金钟罩
一个是铁头功
一个在室内练气功
一个在室外撞石板
它们把岩浆师父惹恼了
被师父逐出师门

黄金的皮肤是健康的小麦色
而玄武岩已经晒成黑煤球了

2017-10-21

月　光

爸爸摸黑上楼时
看见了一片绿油油的草地
草地上
静静地飘着一层蓝蓝的月光

这么美的境界
爸爸想用身体去感受它、享受它
一摸露馅了
原来是妈妈在蓝色垫子上晒的蒲公英

2017-11-5

水　滴

妈妈是一个“江洋大盗”
她把偷来的钻石存放在水管里
每过一段时间就转移地方

这次
她把钻石放在了我的衣服里
晾在了衣服架上
钻石可不乐意了
他们一个个踹开“牢狱”的门
逃了出去

2017-11-11

叛 逆

我的叛逆跟别人都不一样
他们的
像是一片风平浪静的大海
忽然起了一次风暴
而且越刮越大
而我的呢
则是一片不停起着小风暴的大海

2017-11-17

流　星

一群外星人从太空中飞过
他们在抓捕宇宙逃犯
逃犯眼看要被追上了
他启动了自己的激光炮
一束束激光向后射去
战警们也毫不示弱
开启了氢气加速
飞快地掠过地球

地球人惊奇地说
哇
千年一遇的流星雨

2017-11-26

脑 洞

我写诗
总是被爸爸说
哎呀
又写这样的诗来应付我
脑洞要开大一些

我真羡慕冻豆腐和海绵
他们的脑洞那么大
那么多
肯定每一个脑洞里
都充满着无限的诗意

唉
可惜我不能有他们的脑子

2017-12-3

站　台

站台是一个电子邮箱
它每天将许多邮件
收入囊中
同时也把许多邮件
发送到世界各地

每一个站台
都有自己的名字
你要拿着地址
才能到达下一站

宇宙也是一个大网络
星星月亮地球
都是飞船停靠的站台

2017-12-9

文 件

文件是一只寄居蟹
它自由自在地在海里畅游
无忧无虑地生长繁殖
像白垩纪的恐龙霸占了整个海洋
一颗小行星击中了地球
恐龙灭绝了

我的电脑也被一颗行星击中了
庞大的寄居蟹瞬间灭绝了
小行星的名字叫“删除”

2017-12-10

雪是冬天的勋章

冬天是一位大将军
——因为打败秋天
他获得了许许多多的勋章

弯腰系鞋带时
他不小心
将雪白的勋章
撒落在大地上

2017-12-17

鼠　标

鼠标本来只是一只老鼠
一只有网瘾的老鼠
它搬运粮食时
看到了电脑
很好奇
打开电脑玩了起来
慢慢地上了瘾

一次
它听见主人的脚步声来不及逃跑
就把自己的尾巴藏到了电脑里

2017-12-30

新　年

对大人来说
新年是一个家人团聚的日子
播种瓜子皮、友谊和亲情

对小孩来说
新年就是一个秘密通道
引领我们进入另一本日历

2017–12–31

第四辑　剪纸

关 爱

妈妈的关爱是一床被子
盖在我的身上
让我安然入睡

妈妈的话语是一个暖瓶
外冷内热
总在我最需要的时候
给予我帮助和鼓励

2018-1-12

雪

雪是一个高傲冷漠的神仙
她的性格被众仙所讨厌
于是将她贬到了人间

她在被发配的路上
遇到了热情的火
火对雪说
看你冻得那么白
进来暖和一下吧
雪接受不了这样的热情
一下子就融化了

2018-1-28

吵架

爸爸妈妈吵架
在我看来
就像是一场武林大会
每过几个星期都要举行一次

他们在擂台上打得好激烈啊
比武的时间早过了
我上去劝他们
他们却将矛头转向了我
我不幸“躺枪”

2018-2-4

生气的表情

我将生气的表情放在衣服兜里
当我愤怒的时候
我就将它们戴上

妈妈在洗我的衣服时
发现了这个秘密
她刚想发火
生气的表情就乖乖地跳到了她的脸上
而且再也不下来

妈妈变为一个火焰喷射器

2018-2-23

星 星

夜空是一大碗巧克力酱
星星是这里的花生
北斗七星是一把勺子
它负责搅拌均匀

银河系是一个大模具
黑夜全在它的肚子里

2018–3–3

惊　蛰

开学就是一声春雷
将我们从寒假的冬眠美梦中惊醒

我们活脱脱像一群惊蛰后的小熊
揉揉眼睛
开始新一年的旅程

2018–3–4

洗 澡

上帝开了一家浴室
叫作“雨”
所有的动物和植物
都能够免费淋浴
但小草弟弟却不爱洗澡
妈妈一下就把他的头
按在喷头下面

你看他脸上的那些水
分明是被妈妈气出的泪珠

2018-5-5

全能指挥官

——母亲节献给我的妈妈

我的妈妈
是一位指挥官

她指挥着拖把军队
扫荡各个房间

她带领菜刀特种兵
去突袭虾兵蟹将

她率领着试卷装甲部队
攻击敌人的老窝

我中了一炮
哎呀老妈
你误伤友军了

2018-5-12

夏　天

一台收割机
嗡嗡地驶过
收割着我一茬又一茬
不断长出的汗水

2018-5-13

鱼

我的脚
是两条鱼
每天晚上
我将它们养在洗脚盆里

2018-5-19

远走高飞的七星瓢虫

马良
想用他的神笔
将天上的北斗七星
变成自己的勺子
他将七颗星星
揽在了黄纸上

爱自由的星星
可不愿意善罢甘休
它化身为一只瓢虫
向着天空飞去
还顺便带走了
星星的身份证

2018–5–25

河

世界上
所有的河
都是巨人造成的

他打碎了一个冰山玻璃杯
玻璃大声地叫了一声
可怜的水被吓坏了
顺着破碎的纹路逃跑了

2018-5-27

困

我的脑子是一台机器
从早上七点
就开始嗡嗡地运转起来
到了晚上
机器卡死了

黑夜
工人就会来查看
滴上几滴“睡眠”牌润滑油

2018-6-15

鼓 掌

秋天
郊外野餐时
我们为苍蝇的精彩表演挥手鼓掌

金黄的树叶们不懂
当风小姐进场时
他们也照猫画虎地使劲拍手
风小姐很生气
揪着他们的耳朵
把他们一个个从大树观众席上
拽了下来

2018-10-5

猎鹰的眼睛

下课了
一群刚刚出笼的小鸽子
迫不及待地奔向湛蓝的天空
随心所欲地在白云之间飞翔
危险也就在这时来临了
一只猎鹰
飞到了小鸽子们的不远处
用它那敏锐的眼睛
去一个个捕捉它们

楼上
班主任正举着他的手机拍照

2018-10-21

剪　纸

我们赐予了剪刀强大的破坏力
然而
它没有像我们想的那样
向我们的试卷进军
而是自顾自地捡起了一张纸
做出了它的灵魂
窗花

2018-11-24

爱

冬天
接送我时
妈妈
是一个蒸汽火车头
在寒冷的空气里
喷出白色的烟雾
拉动
整个世界

2018-12-6

孔雀羽毛

一个骄傲的家伙
抬着头
却不会看地上

不小心
将自己写给雌孔雀的情书
掉在了动物园里
上面还有一颗
亮晶晶的眼睛

2019-2-17

黑　夜

太阳在表演杂技
从山的东边骑到西边
没掌握好平衡
滚下了山

一张厚重的金丝绒幕布
遮住了
太阳羞红的脸

2019-2-18

非洲猪瘟

一方水土养一方人
非洲的猪
也要去兴风作浪
携带着病毒
与水饺勾搭
人肉炸弹一样
冲到猪年的餐桌上

2019-2-22

动物园

动物园
是动物界最大的阴谋
人类建造了一座座囚笼
将自己供给动物欣赏

2019-3-4

紫 藤

一个个春天突击队员
从蓝天上跳下

队长问“准备好了吗？”
“好了！”队员们打开降落伞
一个挨一个地
轻轻地落在枝条上
钻进内部
引爆了
紫色的炸弹

2019-5-1

羞 愧

开车时
爸爸突然甩出来一句国骂
车里瞬间鸦雀无声

我们不是生气或愤怒
我们只是被爸爸国语的标准与完美
惊呆了
我和妈妈热烈地鼓起了掌
只有爸爸羞愧得红了脸

2019-5-3

妈妈的伤口

妈妈是一块奶酪
有着鲜美的味道
时间是一只大老鼠
它看到了妈妈
大啃特啃
将她的容貌叼走了
只留下一个个空虚的洞

作为赔偿
它给妈妈留下一份礼物
妈妈打开一看
竟是一个男孩
这个男孩就是我
她竭尽心力地培养我
用我的成长
愈合了岁月带给她的伤口

2019-5-12

灵感井

小时候
我的灵感像丰富的石油那样
可以实现自喷
给我带来了不少的荣誉

现在
我的生态环境不断恶化
试卷等微生物不断蚕食着我的身体
入侵了我的大脑
大概
它们也能作为动植物的遗体
深埋在我的大脑里
成为我灵感的一部分吧

2019-5-25

童　年

童年是一块油画布
我用童真在上面快乐肆意地创造
突然作业赶来捣乱
一桶冷水泼下来
我的童年走了样

2019-6-1

失　眠

我养了一只狗
它的名字叫作业
我邀请睡先生来我家做客
可作业认生
一直冲着他叫唤
还要扑上去撕咬
睡先生哪见过这种场面
吓得他屁滚尿流地逃走了
我失眠了

2019-6-8

权力之争

现在
夏哥哥在掌管气温
他的脾气很坏
动不动就将人间变成厨房
他就是精通所有烹饪技术的厨师

秋弟弟前来制止他
他调来了重型乌云降水器
狠狠地淋了哥哥一头
将他搞得狼狈不堪
一点儿脾气也没有了

2019-7-7

牙

两颗牙

站错了队列

坚硬的碳酸钙与深深的牙根

都抵挡不住温柔的一针麻醉与两把钳子

在那恒牙萌生的一刻

一切

已成为定局

2019-7-14

风　声

“呜……呜……”
那不是风声
是落叶被击败的声音
在秋天的最后一天
风挥出了一个漂亮的上勾拳
落叶摔在了地上
再也没有爬起

2019-7-25

沉　默

螳螂捕蝉
是因为蝉发出了不该发出的声音
在这个看似自由的世界中
三缄其口
默不作声
才是最好的选择

用沉默的硬壳
将自己包裹成一只
涉世未深的虫

一只蝉噤声了
夏天依然在胡言乱语

2019-8-6

七　夕

晚上
牛郎和织女在鹊桥上相会
牛郎激动地大吼
雷公电母醒了
被震碎了老花镜的他们
愤怒地
向下打出了几千道闪电

鹊桥塌了
人间也下起了
夹着织女眼泪的雷阵雨

2019-8-9

地　铁

工程师们
都是由鼹鼠进化来的吗
曲折的通道
众多的出口
都像极了鼹鼠的家
也许
他们是在纪念自己的故乡呢

2019-8-12

兵马俑

秦始皇的美术成绩
肯定不怎么样
他的手工作业陶泥人
质量不好
才两千年的时间
就被弄得不成样子
有的断了头
有的断了腿

2019-9-8

矫　正

我的牙齿歪了
被牙医用钢丝矫正

公园里的大树长疯了
被园林工人用钢管矫正

人从生下来
就被世界的规则努力矫正着

2019-9-15

熬　夜

我在黑色海洋里徜徉
抓紧手中的笔
却被枕头绊了一跤
又被被子缠住了手脚
太阳救生员将我从黑夜里捞出来
又丢进了作业的泥沼

2020-1-30

发 烧

今天
我发烧了
却得到了比平常多几倍的关爱

疫情
像是一管 502 胶水
将人粘在家里
反而拉近了人与人之间的距离
关系变得更加亲密

2020–2–8

月亮升起

月亮升起
黑夜的大幕被缓缓拉开

蝉和蟋蟀演奏了一曲激昂的交响乐
鸟儿也在旁打着节拍
太阳是黑夜的休止符
只剩鸟儿在独奏

2020-8-16

虽败犹荣

与时间搏斗后的父亲
虽败犹荣

他的身上
背负着黑暗凝结的弹孔
他的脸上
被时间的刀刃划出深深的沟壑
埋藏着他半生的坎坷

他穿上“坚韧”织成的厚厚防弹衣
抵御时间的进攻
打倒了　再爬起来
他拄着那根“不屈不挠”的木棍
像大山一样站立

2021-11-1

我准备好了

蜡梅对冬天说
我准备好了
香气已经在花苞里
酝酿多时
浓稠得像一坛尘封多年的老酒
只等待某一刻的突围
缓缓流出

迎春花对春天说
我准备好了
它伸出柔软的枝条
张开温暖的怀抱
热切欢迎春天的到来
怀抱里满是花瓣
鲜艳欲滴的黄色
经过冬天的洗礼
更加娇艳无比

荷花对夏天说
我准备好了
出淤泥而不染的高贵与优雅
濯清涟而不妖的平和与自然
微风荡起涟漪
一只白天鹅
正在水面上翩翩起舞

菊花对秋天说
我准备好了
花丛中的逆行者
与自然的规则较量
傲然地
向秋天抬起高贵的头颅
"谁说秋天的花就只有凋零的份儿"
"让我来证明给你们看"

我对我的青春说
我准备好了
一个人的青春
能有多少个春夏秋冬
早晨八九点钟的太阳
正在冉冉升起
金色的光辉

利剑一般

刺破了梦中的迷雾与黑暗

在未来的时光中

我们的征途

是星辰大海

2022-2-27

后　记

我的阅读始于幼儿时期，那时候我不识字，甚至还不会开口说话，是妈妈读书给我听。

后来爸爸教我认字，他用一套识字软件和我玩游戏，不知不觉中我就识了很多字。在幼儿园，我每天都会拿着一本书给小朋友讲故事。

小学是我读书最多的时期。爸爸不知从哪里弄来的一份书单，都是适合孩子阅读的中外儿童经典作品，他买齐了摆在书架上供我阅读。家里还给我订阅了《小哥白尼》《儿童文学》《轻兵器》等期刊，我每周都能读好几本。

与那些早慧的小诗人比起来，我的写作生涯纯属偶然。我的语文老师李兆兴，也是一位诗人，他不仅自己写诗，还在教学中引导我们诵读经典诗词。小学二年级时，他布置的语文作业很奇特——常常是写一首诗，第二天上学不是交作业本，而是开赛诗会，同学们争先恐后地上台朗诵自己的诗歌。我发表的第一首诗歌《春天是一只哈巴狗》，就是老师布置的一篇作业。

我爸爸是一位作家，他发现我的诗歌很有想象力，于是因势利导，每当我想玩电脑游戏时，都要先写一首诗歌。这样一个学期下来，我也写了好几十首。爸爸从中选了几首分别投给了《儿童文学》和《少年文艺》。在我九岁生日的那个九月，我收到了人生中最有意义的礼物——这两本杂志同时发表了我的诗歌作品。

初中时我在一次诗歌大赛中获奖，被著名儿童诗人王宜振老师收为小弟子，在他的帮助下，我的写作一发而不可收拾，截至目前已经在国家级和省市级报刊发表了近百首。

我感觉自己写作诗歌就是一个水到渠成的过程，不受任何约束，灵感来临，一挥而就。

关于阅读，我认为古人说得好："读万卷书，行万里路。"我从不上课外班，业余时间比较充裕，每到周末假期，我都会和爸爸妈妈去旅游，近到泰山周边，远到内蒙古、宁夏，都留下了我们的足迹：我们曾在东北的房顶数过星星，也在辽阔的草原骑过骏马；我们曾在王维笔下的大漠看过落日，也在火烧过的圆明园感怀辉煌与落败……

泰山是我的故乡，我们几乎走遍了泰山的每一个角落，它雄奇的自然景观与厚重的历史文化，都深深烙印在我的脑海里。我们在泰山经石峪看时间如何磨平大字的刻痕；在泰山彩石溪看 26 亿年的石头画出的天然彩屏；在徂徕山寻找《诗经》里的"徂徕之松"；在大汶河畔嬉戏流淌了 6000 年的汤汤汶水……

路上不一样的风景，开阔了我的眼界；阅读大自然这本大书，让我有了与众不同的视野。

这本诗集是我诗歌写作的一个汇总，原本计划初中毕业前出版，谁知好事多磨，拖到了现在。

去年我考上了重点高中，高考俨然成了重中之重。每天面对一本比一本厚的教材，一套又一套做不完的试卷，我依然在繁忙中偷得一丝空闲，在阅读中寻找属于我自己的快乐。我不知道未来会是怎样，但我知道，读书会是我一生不变的爱好！

夏圣修

2022 年 2 月 2 日于泰山下

诗歌评论

壮丽的绳子

向以鲜

清晨
像一根绳子
一头拴着月亮
一头拴着太阳

他们在跳绳

这首诗的匪夷所思处在于，小作者不仅抓住了时间的七寸，还切中了时间线性的本质——清晨像一根绳子。时间和绳子的故事，几乎伴随着人类文明的始终，从结绳记事到光缆或无线通信，没有比用绳子来比喻时间更恰当的了。然而，夏圣修这根绳子是多么壮丽啊：一头拴着月亮，一头拴着太阳。这样的想象力，几乎可以和神话中的天梯或通天树相媲美了。

但是，如果没有最后一句——他们在跳绳，这首诗的品质就会大打折扣：跳绳本是孩子们的体育游戏，诗人表面上试图将遥远的太阳和月亮拉回到地面，将“精骛八极”的想象力拉回到现实生活中，然而，恰恰是这一日常行为的植入和跳跃，给作品带来意想不到的感染力：跳绳的孩子，跳绳的太阳和月亮，奇迹般地重叠在一起。

（向以鲜，四川大学教授，著名诗人，曾获天铎诗歌奖、四川文学奖）

从日常生活里发现诗意

夏海涛

生活不是诗歌，但是人的生命中从来离不开诗。

在我写下这篇文章开头的时候，全世界正在经历着一场从未有过的艰难历程：全国乃至全世界已经有数亿人感染了新型冠状病毒，死亡者数以万计……非洲的蝗灾正在逼近欧亚大陆……澳大利亚大火已经燃烧了半年之久……甚至就在此刻，我的脚下刚刚发生了一次 4.1 级地震……

这就是生活的常态，我们生存的地球从来没有消停过。以柔软的生命应对坚硬的现实，以诗意的生活面对沉重的日常，这是诗歌存在的基础。

著名儿童诗人王宜振先生说过："外部世界的一粒米，经过内心世界的酿造，就不再是米，而是变成了酒……诗人写诗的过程就是把米变成酒的过程"。

夏圣修 8 岁开始大量创作诗歌，9 岁时处女作就发表在《儿童文学》《少年文艺》等期刊上。细读这两首诗，感觉与他童稚的诗歌相比有了新的特点。《弯月》这首诗歌就具有惊人的想象力。月亮这个意象，是中国传统诗歌使用最多的一个，要写好弯月，难度之大可想而知。然而作者独辟蹊径，从一个惯常的生活场景切入，写主人钓鱼，然后渔线断掉了，大鱼带着渔钩逃亡。在这里作者表现出与众不同的想象力，大鱼不是向着低处的水面逃离，而是直起身子，像那个跳出龙门的（鲤）鱼一样，飞向了广阔无垠的天空：

大鱼身上亮晶晶的鳞片成了银河
黄金渔钩则变成了一钩弯月

渔钩变成弯月，大鱼化成了浩瀚无垠的银河。这是多么壮丽的瞬间，多么充满想象力的嬗变啊！凭借奇诡的想象，我们终于能够超脱现实的羁绊，扶摇直上九万里！

在《剪纸》这首诗里，我们也遭遇了这样的想象力游戏。剪刀本身就是一个常见的工具，铅笔盒里总有它们的身影。试卷大概是每一个学生都深恶痛绝的东西，然而剪刀没有按照孩子们的想法去破坏“试卷”，而是“自顾自地捡起了一张纸，做出了它的灵魂——窗花”。

窗花是纸的灵魂。我们知道，窗花是艺术品，是美的象征，是灵动的自由精神。在小诗人笔下，窗花从一个具体的物品，变成了一种精神的象征。这首小诗，也把日常的一粒米，酿成了一盅带着扑鼻清香的美酒。

夏圣修的诗歌语言鲜活、纯净，有自己的鲜明特点，没有受到当下媒体中的公共语言的影响。写月亮，并不写“幽幽的月光”之类，而是写成“金黄的渔钩”；写剪刀，不写如何锋利，而是写它具有“强大的破坏力”，这样的词语带有强烈的个人情感，又新鲜别致，富有感染力。

同时，他的诗歌里有着一种难得的理性，总让人隐约感觉到一种开阔的视野和宏大的意境。这对于一个成长中的少年作者来说，是难能可贵的。

（夏海涛，著名诗人、散文家，曾获骆宾王国际儿童诗歌大赛诗歌奖、冰心散文奖、孙犁散文奖、齐鲁散文奖）